Succession de Mme Vve V...

BEAUX BIJOUX

ENRICHIS DE

Brillants, Saphirs et Émeraudes

COLLIER DE 91 PERLES FINES

ARGENTERIE

MOBILIER

EXEMPLAIRE DE H. STETTINER

CATALOGUE

DES

BEAUX BIJOUX

ENRICHIS DE

BRILLANTS, SAPHIRS ET ÉMERAUDES

Broches, Bracelets, Bagues, Boucles d'oreilles, Montre, etc.

Collier de 91 Perles Fines

ET NOTICE DU

BON MOBILIER

DÉPENDANT DE LA SUCCESSION

De Madame V^{VE} V...

Et dont la **VENTE APRÉS DÉCÈS**, en vertu d'ordonnance
enregistrée, aura lieu

HOTEL DROUOT, SALLE N° 2

Les Jeudi 16, Vendredi 17 et Samedi 18 Février 1911
à deux heures

COMMISSAIRES-PRISEURS

Me F. LAIR-DUBREUIL	Me Hippolyte BONDU
6, rue Favart	32, rue Le Peletier

Assistés pour les Bijoux :
De M. G. FALKENBERG, Expert, 6, rue Lafayette

EXPOSITION PUBLIQUE

Le Mercredi 15 Février 1911, de 2 h. à 6 h.

CONDITIONS DE LA VENTE

Elle sera faite au comptant.

Les adjudicataires payeront *dix pour cent* en sus des enchères.

L'exposition mettant le public à même de se rendre compte de l'état et de la nature des objets, aucune réclamation ne sera admise une fois l'adjudication prononcée.

Paris. — Imp. de l'Art, Ch. Berger, 41, rue de la Victoire.

DÉSIGNATION

BIJOUX

23005 1 — Collier formé de quatre-vingt-onze perles fines.

3245 2 — Bague marquise pavée de brillants.

699 3 — Bague formée de cinq brillants en croix.

651 4 — Bague rivière enrichie de cinq brillants.

700 5 — Bague formée d'un brillant jaune entre deux brillants blancs.

3501 6 — Bague enrichie d'une émeraude carrée et de quatre brillants.

610 7 — Bague fleur de lys ornée d'un rubis et de brillants.

1440 8 — Bague saphir entouré de brillants.

585 9 — Bague turquoise entourée de brillants.

400 10 — Bague topaze rose entourée de brillants.

11 — Bague en or ciselé, montée d'une opale.

12 — Bague en or, enrichie de trois turquoises.

13 — Bague en or et émail noir, enrichie de brillants et de roses.

1560 14 — Sautoir en or, enrichi de trente perles et de trois breloques en or émaillé.

1160 15 — Paire de boutons d'oreilles brillants solitaires.

1300 16 — Paire de boutons d'oreilles, saphirs entourés de brillants.

17 — Trois boutons de chemise en or montés de perles fines.

5220 18 — Broche formée d'un gros brillant entouré de deux cercles en brillants.

5800 19 — Broche en forme de pendeloque, composée de rubans, rinceaux et ornements pavés de brillants et de roses, et terminée par un gros brillant accompagné d'ornements en brillants.

20 — Broche en forme de cœur sertie de roses. Au centre, cœur en améthyste.

1.220   Pendule LXVI.

21 — Broche-nœud, brillants et roses.

22 — Broche représentant un coq en or émaillé.

23 — Broche formée d'un camée accompagné d'ornements en or, perles et roses.

24 — Broche en or, représentant une médaille de Saint-Georges accompagnée d'ornements en or.

25 — Broche fer à cheval pavée de demi-perles.

26 — Barrette en or surmontée d'une perle.

27 — Barrette en or pavée de neuf brillants.

28 — Barrette pavée de roses. Au centre, un brillant. Pendeloque tête de nègre en agate.

29 — Broche formée d'un trèfle en œils de chat de Hongrie.

30 — Petite broche en forme d'étoile. Au centre, une perle.

31 — Montre de dame en or émaillé, enrichie sur chaque face d'un cercle en demi-perles. Petite clé émaillée.

32 — Bracelet-gourmette, avec une montre ornée d'un cercle en brillants.

33 — Bracelet en or ciselé. Travail indien.

34 — Bracelet rigide en or avec pendeloque ours en or.

35 — Bracelet en baleine ornée de motifs indiens en or.

36 — Petit collier picard en or émaillé.

37 — Petite breloque formée d'un émail de la Vierge entouré d'un cercle de petites perles.

38 — Chronographe en or.

39 — Montre de dame en or.

40 — Deux bourses en or.

41 — Médaillon en or ciselé. Genre indien.

42 — Boîte en or émaillé.

43 — Boîte à poudre en cristal ; couvercle en or orné d'un saphir et de roses.

44 — Garniture de chemise en or, roses et œils de tigre.

45 — Trois épingles à chapeau en or, montées d'aigues-marines et de boule or,

46 — Flacon de sel en cristal, avec monture en or et bouchon enrichi d'une améthyste entourée de rubis et brillants.

47 — Flacon de sel en cristal, monture or et flacon forme boule.

48 — Parure formée d'une croix en cornaline montée en or émaillé et de trois pendeloques cornaline.

49 — Monture de collier en or, enrichie de petits brillants et de roses.

50 — Chaînette en platine.

51 — Châtelaine en argent doré.

52 — Étui à cigarettes en argent.

53 — Manche de parapluie en porcelaine.

54 — Un lot composé de quatre épingles de dentelles en or, de deux petites épingles en or réunies par une chaînette enrichie d'émeraudes et de roses et de cinq petites épingles montées de petites perles. (Pourra être divisé.)

55 — Lot composé de sept barrettes en or enrichies de roses, rubis et perles. (Pourra être divisé.)

56 — Lot composé de sept épingles de cravate ornées de médaille ancienne, turquoise, talisman, corail, etc. (Pourra être divisé.)

57 — Lot composé d'une pendeloque or montée d'une perle, d'un petit médaillon en or et pierre dure, d'une petite bague montée d'une rose, d'une petite breloque ouvrante en forme de fruit, de deux montures de de bagues et de deux chaînettes à crochets. (Pourra être divisé.)

58 — Lot composé de deux chaînes de montre, d'un collier et de deux chaînettes dont une terminée par une boussole en or, d'un porte-mine. (Pourra être divisé.)

59 — Lot composé de quatre barrettes en or et pierres de fantaisie, médaille, etc. (Pourra être divisé.)

60 — Lot composé de quatre paires de boutons

de manchettes en or, corail, agate, lapis.
(Pourra être divisé.)

61 — Lot composé de montures de boucles
d'oreilles en or montées de corail, turquoises,
perles fausses. (Pourra être divisé.)

62 — Lot formé de quatre broches, d'une agrafe
persane agate et turquoises, de boutons de
manchettes émaillés et d'une broche en
forme de Saint-Esprit en argent. (Pourra être
divisé.)

63 — Lot composé de : une paire de boutons
martelés, deux boutons espagnols, une
médaille de mariage en argent. (Pourra être
divisé.)

64 — Lot composé de six fourchettes à huître,
deux cuillers à confiture, une cuiller à café,
une cuiller à verre d'eau en argent. (Pourra
être divisé.)

65 — Lot composé de trois boîtes en argent re-
poussé et d'un porte-or, d'une boîte d'allu-
mettes et d'un gobelet. (Pourra être divisé.)

66 — Lot composé d'un flacon en cristal monté en argent, et d'une broche porte-fleur. (Pourra être divisé.)

67 — Lot formé d'un bracelet et d'une breloque-éléphant, de sept bracelets cordes, de neuf bracelets godrons, de trente et un bracelets fils réunis en argent. (Pourra être divisé.)

68 — Deux médailles en bronze.

69 — Sous ce numéro seront vendus divers objets en bas or, doublé, argent, cuivre.

70 — ARGENTERIE, MÉTAL ARGENTÉ.

MOBILIER

Bureaux en bois de placage, Bibliothèque et Chiffonnier en acajou et cuivre, Consoles en bois doré, Bahut, Bibliothèque en noyer, Meubles courants en acajou et palissandre, Coffre-fort, Glaces, etc.

Salon en soie brochée.

BRONZES D'ART ET D'AMEUBLEMENT

Groupes, Statuettes, Bustes, Pendules, Lustre, Candélabres, Chenets, etc.

Meubles et Objets d'Art de l'Extrême-Orient

Tableaux, Gravures, Porcelaines, Faïences, Livres.

Linge et Garde-Robe de femme, Fourrures.

Linge de maison, Rideaux, Tapis, Vaisselle, Verrerie, Batterie de cuisine.

Vins, etc.